半生流年

高香云诗歌作品集

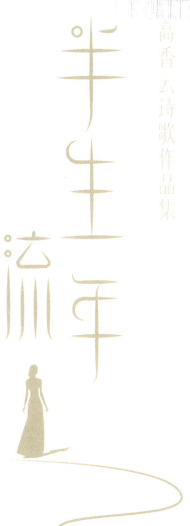

流半
年生

半生流年

高介人 著

内蒙古人民出版社

图书在版编目（CIP）数据

半生流年/高香云著.-- 呼和浩特：内蒙古人民
出版社，2024.1
ISBN 978-7-204-17956-5

Ⅰ.①半… Ⅱ.①高… Ⅲ.①诗集－中国－当代
Ⅳ.①I227

中国国家版本馆 CIP 数据核字 (2024) 第 009145 号

半生流年

作　　者	高香云	
责任编辑	党　蒙	
封面设计	吉　雅	
出版发行	内蒙古人民出版社	
地　　址	呼和浩特市新城区中山东路 8 号波士名人国际 B 座 5 层	
网　　址	http://www.impph.cn	
印　　刷	内蒙古恩科赛美好印刷有限公司	
开　　本	880mm×1230mm　1/32	
印　　张	4	
字　　数	170 千	
版　　次	2024 年 1 月第一版	
印　　次	2024 年 1 月第一次印刷	
书　　号	ISBN 978-7-204-17956-5	
定　　价	19.00 元	

如发现印装质量问题，请与我社联系。

联系电话：（0471）3946120

目录
CONTENTS

光阴故事
IMAGINATION'S LIGHT

半生流年
HALF LIFE FLOWING YEAR

追忆父爱
REMEMBERING FATHER'S LOVE

羁旅怀乡
DETENTION AND HOMESICKNESS

岁月不居

TIME AND TIDE WAIT FOR NO MAN

光阴故事

凡 间

记忆里的凡间

是春风中孩童笑脸的纯真

是纸鸢舞动天空的欢畅

岁月静好，如画般美丽

梦乡里的凡间

是阳光洒满田园的宁静

是篱笆围绕菊花的静谧

时光宁静，宛如诗行

心底里的凡间

是秋天丰收谷堆的喜悦

是湛蓝天空深邃的思索

丰收季节，思绪翩跹

那时的凡间

是冬日杀猪宰羊的热闹

是炊烟袅袅升起的雪天

岁月流转，烟火生机

如今的凡间

时光已改变容颜

唯有手机成为长久的陪伴

精心耕耘，依然非凡

然而我们深知

只要用心耕耘与修剪

无论何时何地都不凡

四季轮回，丰富了人间

只此青绿

总也忘不了
记忆里的那一抹青绿

撑一支竹篙
木舟在江心轻轻荡漾
晨风吹拂青色的水袖
铺展开绿意浸润的画卷
忽有古韵琴声入画来

静坐窗前
荷塘绿叶起舞轻盈
一只青色的蝴蝶
舞动在发髻之间
化为一支古雅的发簪
装扮着你的顾盼生姿

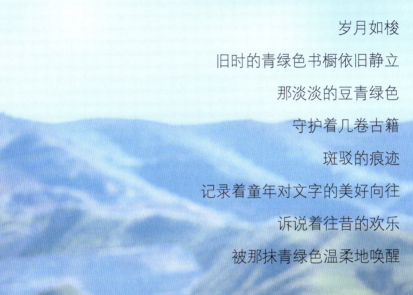

岁月如梭

旧时的青绿色书橱依旧静立

那淡淡的豆青绿色

守护着几卷古籍

斑驳的痕迹

记录着童年对文字的美好向往

诉说着往昔的欢乐

被那抹青绿色温柔地唤醒

烛光下，母亲的左手腕

环绕着一只青绿色的玉镯

闪烁着岁月的宁静光芒

母亲说，只要佩戴这青绿的颜色

岁月便无法抹去青春的容颜

万物皆会流转

光阴如梦幻泡影

过往的时光只留下深深的怀念

只此青绿

山峦挺拔，江水绵长

开在
冬日的
鸢尾花

在冬日的沉寂里

鸢尾花静静地开放

像一颗被时间遗忘的露珠

凝结成了清冽的北方

被季节一起掩藏的

还有盛开在冬日里的鸢尾花

那绚烂，那芬芳

是我歌颂的深厚友谊

那个漆黑的冬夜

疫情肆虐，步伐沉重

你不顾风险

来接异乡归来的我

城市的灯火伴着满天星光

照耀着我们一路向前

你说那光

像是鸢尾花的颜色

蓝色、紫色和黄色

宝石般闪烁

时间带走了很多

却留下了我们的友谊

二十多年的闺蜜情

依旧在人生的渡口静候

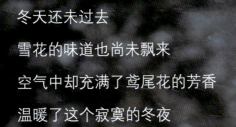

冬天还未过去

雪花的味道也尚未飘来

空气中却充满了鸢尾花的芳香

温暖了这个寂寞的冬夜

等待
繁星

列车穿越高原之巅

我选取靠窗静谧之地

宁静之中，目光投向窗外

薄雪覆盖的草原映入眼帘

顶着白雪的远山在天际绵延

眼前的风景如画

瞬间就被甩在车后

层层叠加，渐渐模糊

像是被迷雾笼罩

倘若列车永不停息

不念起点，不期终点

是否就能抵达那片心怡的海滨

静候明月自海面升起

直到夜幕降临

星光洒满天际

我在繁星下静候

期待未知的未来

不言不语

在路上

尚未做好启程的准备

新的征程已在脚下铺展

转身，远山如黛

手中却握不住流转的风景

倾听，戈壁滩上的风声

尘土中，青草的叹息若隐若现

大漠之上，驼峰倔强地摇摆

背负着使命，无畏地跋涉向前

飞鸟伴随着驼铃起舞

胡杨迎风傲立在旷野里

013

思绪随着列车游走

蓦然发现

生命在一次次的旅行中绽放

那些我踏足过的土地

和未曾到过的远方

都在诉说着不同的故事与期待

我隔窗凝望

云有云的飘逸，风有风的歌唱

只要你踏实地走好每一步

所有的付出都会得到应有的回报

我在车厢内

云在车窗外

一同驶向那辽阔无垠的远方

飘着蓝色帆的船

一只飘着蓝色帆的船

静静地停泊在眼前的港湾

这只你心爱的小船

带我靠近有你的彼岸

仿佛昨天的你

还在书桌前埋头读书

我拍拍你的肩

你抬头给我一个俏皮的笑脸

顿时，满屋都洋溢起春天的气息

秋风轻轻拂过脸庞

飘落的叶子似你的信笺

蓝色帆船上承载的

不仅是梦想，还有深深的思念

仿佛年幼的你

小手拽着海蓝色的衣角

矮矮地站在我的面前

用稚嫩的声音诵出一首完整的诗词

瞬间，给我一整季的欣喜

陪伴你的这些年

我是一个没有经验的园丁

只管用力呵护一片成长的嫩叶

离开家之前

你用一天一夜的时间

拼起了这只飘着蓝色帆的船

从此有了心的期盼

我还习惯一进门就唤你的名字

未听到回应

又跑到你的书桌前

看那一只船

总有一天

一只船，飘起蓝色的帆

启航，扬帆

而我愿化作你身后的港湾

愿这艘船，带着我所有的祝福

驶向你所在的那片蔚蓝

美若黎明

白天如箭般飞逝

加速度的力量，划破了长空

穿越光阴的尘埃

夜晚轻轻拾起纱裙

舞动间

静谧洒满全场

心无旁骛地等待

等待晨曦中的那朵花

无论绽放与否

都是命运的馈赠

只要黎明到来时

希望还在

疲惫和睡意

像潮水般涌来

一波又一波地侵袭

我仿佛成了无依的浮萍

在黑夜的大海中漂泊

星光和夜风

带着宇宙的精粹

游走在无垠的时空

过去的记忆

——消失在这苍茫的时间里

冬再深一些就是春天

梦境的尽头是清醒的世界

把期待化作祝福吧

这样的夜，静谧如诗，美若黎明

晚 安

当夜幕降临，寂静蔓延

喧嚣的舞台，归于平淡

一日的忙碌

或悲或欢，或精彩或遗憾

都已落幕，不再流连

太阳升起，又落下

或许你还未来得及目睹

云彩已飘忽不定掠过天际

归巢的鸟儿也已寻找栖息

一切已归于宁静

无须纠结，无须留恋

夜幕已降，是时候说声晚安

让疲惫消散，让心灵安歇

愿你的夜晚静谧而香甜

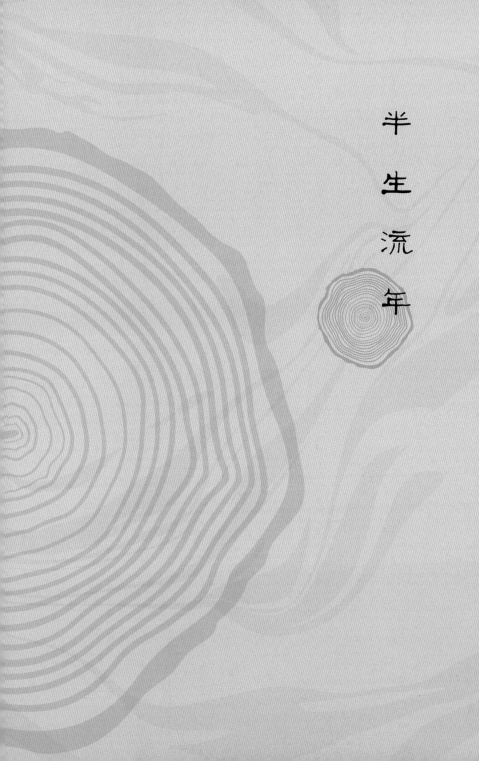

半生流年

半生流年

微驼的腰身轻轻伸展

花白的发丝在指尖轻捋

岁月无情，我已老去

抬头仰望那无法挽留的云朵

悠然地飘向天际

沉思那些锁在尘封日记里

未曾公之于众的心事

如今看来显得如此纯真幼稚

青春的誓言犹在耳畔

可再也找不回

那时的山水和轻松潇洒的自我

因为经历了太多的风霜

背负了太多的责任

半生已过，似水流年

回首望去，仿佛一瞬间

我迈着坚定的步伐

依然向前

因为生活中还有许多未完的故事

等待揭开最终的结局

只有爬过山的人，才知道山的高度

唯有蹚过河的人，才晓得水的波涛

生命只有这一程

唯有珍惜伴流年

一首
老歌

总有些时候

心底会唱响一首老歌

此刻，窗外下着淅淅沥沥的雨

或者黄昏的柳树已有了些倦意

那一刻，时间仿佛凝固

一首老歌在心头盘旋

一遍遍地唤起深沉的感慨

和岁月的回忆

可以掩面沉思

可以泪水盈眶

最终还要触碰和解锁

记忆深处最柔软的秘密

岁月无情地流逝

多少人和事伴着一首老歌

被怀念又淡忘

一声叹息之后，唯愿

在今后的岁月里

我们都能被时光温柔以待

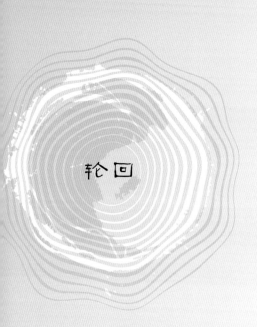

轮回

四季在流转的时光里

呈现着万千气象

人生在无尽的征途中

唤起着消逝的回响

穿行的岁月

承载了无数深情的凝望

历经的往事

交织着初见的欢欣与离别的感伤

漫漫人生中

总会重复老去的记忆

岁月流逝中

总有穿透时光的期盼

和离别的惆怅

轮回

寂静的星辰

黄昏的一缕斜阳映在病房的东墙

红黄色交织，时间仿佛停摆

屋内一片沉寂

只有病者沉重的喘息

像等待着未知的终章

星光逐渐洒满天空

星星静静闪烁

如同每个生命的独特轨迹

明亮却孤独

我们在人海中彼此擦肩

灵魂却各自漂泊

寻找属于自己的光芒

尽管过程充满困惑

清晨来临，星辰隐退

留下的是清醒的认知

生命无常，来日并不方长

时光流转

我们所能拥有的只有此刻

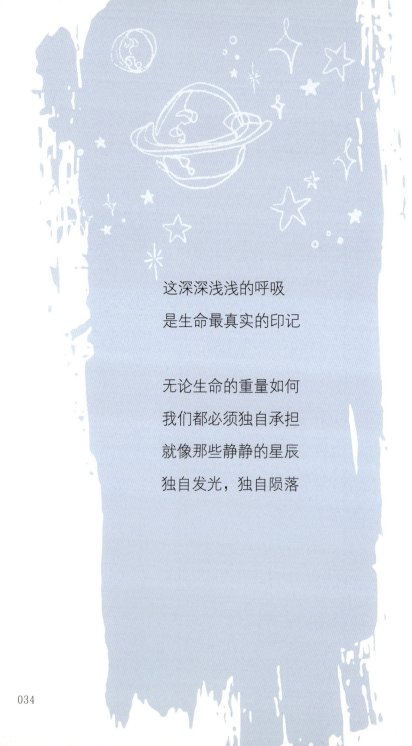

这深深浅浅的呼吸
是生命最真实的印记

无论生命的重量如何
我们都必须独自承担
就像那些静静的星辰
独自发光，独自陨落

追忆父爱

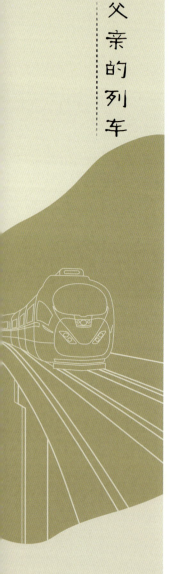

父亲的列车

父亲，沉默而平凡

他怎么会拥有属于自己的列车？

重新唤起关于他的记忆

和列车有关

唯有这样说

才配得上他在我心里的伟岸

多年前，父亲带我挤上一列绿皮火车

送我到遥远的异乡求学

那是第一次离家远行

面对未知的世界，我睁大了惊恐的眼睛

父亲对我说

万一遇到危险，一定要先舍了身外之物

切不能让自己受了伤害

父亲的前半生总是要到很远

我不知他到底会坐多少次列车

人生旅途中，我遇到过不少困难

当我含着眼泪不知该往哪里咽时

父亲总会在电话那头给我鼓励

"回家来吧，别一个人撑着"

眼泪瞬间找到了出口

最后一次我带父亲坐上的列车

是舒适的高铁

那是父亲患重病的晚期

那夜，我梦见父亲又要远行

要去很远，很远 ......

父亲的眼泪

父亲耗尽全身的力气
才勉强坐起了身
他静静地倾听着窗外
那阵阵鞭炮的喧闹声

他说，过年了

我却没有见到我的老母亲

话语中充满了遗憾

眼角溢出了悲伤的泪水

那贴在门上的红色福字

窗子上剪出的喜庆窗花

都无法掩盖他内心的哀伤

父亲平躺着，用手擦拭着眼角

泪水顺着他的掌纹流淌

仿佛是他多年挖出的矿洞

流成了岁月的河

那个除夕过后的早晨

父亲已无法再移动自己的身体

他心知已无法再见到自己的母亲

他在泪水中度过了这个新年

但仍强压着自己的情感

不把哀伤带给家人

只有将思念和哀愁藏在心中最深的地方

父亲的拐杖

父亲的拐杖

沉重而又坚强

承载着他的岁月

以及对我深深的爱

父亲一挥手

我就又去了远方

我把父爱装上，越过崇山峻岭

穿过风风雨雨

我在他的庇护下成长

父亲的身影

在拐杖的支撑下略显蹒跚

我强忍住泪水

看着他的背影，心中满是疼痛

那曾经挺拔的脊背

让无情的病魔压弯了腰

我瞒着父亲，怀揣希望遍访名医

期盼能为他带来奇迹

我要用亲情的拐杖

支撑起父亲生命的脊梁

让父亲重新迈出铿锵的步伐

大理，大理

父亲

轻轻夹起餐盘里一片嫩白的核桃仁

缓缓送到嘴边

慢慢地含到嘴里

憔悴地咀嚼

那珍贵的食物

滋养了最需要它的味蕾

只是短短几日

父亲的病情突然加重

病痛的折磨，曾让他无法动弹

但坚定的信念，全力的救治

他终于重新找回了饭香

突然想起了大理

那个在西南的遥远传说

记得那日与父亲南归的途中

父亲说

大理的风景很美吧

年轻时就听人说过

就在那一刻

我在心中默默许下心愿

大理，你要等着我们

听闻你的旖旎，怎能错过你的风姿

我定要带着父亲去看你

父亲啊，一定要坚强

好起来吧

我们还要去很多地方

大理才只是我们要访问的

美丽之一

我还为你准备了向着正南方

阳光充足的客厅和卧房

只希望你能感受到温暖，感受到希望

你一直为我着想，为我付出

这次，换我为你守护

不要辜负我的心意

晚餐

窗外

暮色渐浓，华灯初上

我用笨拙的厨艺

准备好了一顿爱的晚餐

打开餐厅的顶灯

福禄寿的灯光

温暖柔和

瞬间散向屋里的角角落落

惬意而温馨

餐桌上净得一尘不染

花开富贵的碗

花好月圆的碟

节节高升的银筷

静待佳肴

将家人请到桌前

搀扶病中的父亲坐下

看着父亲开始品味

那鲜翠、粉艳、嫩白色的食物

我的眼泪溢出了眼眶

终又看见父亲露出的笑容
就像平日那样笨拙地
露出两颗门牙

晚餐过后，视线又模糊了我的双眼
是感动的泪水
也是幸福的涟漪

我多希望有更多的时间
父亲能和我们
更多地
共进这样的晚餐

午后阳光

午后的阳光洒落金黄
街角处，我翘首盼望
短短的一个路口
望眼欲穿

父亲伟岸的身影
终于缓缓步入视线
他的步履略显疲惫
但依然坚韧

漫天的风沙

难掩春的绿意

父亲依然关心着天气

似乎不怎么理会身体的病痛

辛劳的父亲

曾多地辗转奔波

这一生用脚步丈量了多少风霜

沉默的父亲

尝遍世间的离合悲欢

这一生用隐忍吞咽了多少苦痛

我能够感受却无法衡量

我能够体会却无法言说

只有心

躲在笑容的背后隐隐作痛

如今的父亲重病缠身

难道是那些苦和痛

那些无奈和辛劳

那些一贯的好脾气

冲垮了健康的防线

午后的阳光

蕴着丝丝暖意

父亲沐着阳光缓缓向前

我在心里默默祈祷

让他享受更多一些阳光吧

哪怕只是这

午后的时光

你离开以后

你离开以后

我常常抬头望向天空

如果天空湛蓝，云朵轻盈

轻轻地在空中飘浮

我的内心就会下一场静默的雨

因为你再也无法看见

你离开以后

我怕偶然邂逅一些美丽的花儿

红色、紫色和玫粉色

它们散发着芬芳的香气

你曾经极喜欢在花前静静驻足

我无法想象你的世界是否也有

这样斑斓的色彩和馥郁的花香

你离开以后

每当我们与你生前的挚友亲人相遇

总是避免提起你

总是在微笑的眼神交流之后

不约而同地泛起泪光

亲爱的父亲

你离开以后，与你有关的一切

总会让我触景生情

想起你的点滴，都难以释怀

我想到后山的杜鹃丛里

大哭一场

却怕那阵风带着哭声

不小心，吹过你的坟头

惹出你的心疼

远秋

南国的秋天，轻轻俏俏

如一位迷人的恋人

姗姗来迟，却带着温暖的微笑

每条街都撑着绿色的伞

宛如爱的庇护

守护着每一个生命

虽然步履蹒跚，却充满了生机

那缓缓落下的一片树叶

略带金黄的倦意

是大地的诗篇，是岁月的旋律

它们轻轻划过脸颊

还带着一丝的凉意

父亲啊，你真的已经走了吗

我只听见风中的呢喃，落叶的倾诉

你仿佛在那金黄的诗篇中

微笑地看着我

我用心去倾听，去感受，去怀念

那些曾经的温暖，那些曾经的欢笑

我知道，你一直在

在这个金黄的远秋

羁旅怀乡

梦中的故乡

三月的风，轻轻拂过脸庞

赶着大漠的黄沙

掠过青椿山的草地

成了如今我梦中的远方

那条蜿蜒的林间小路

引领我穿过时光的走廊

那眼沙坡头清粼粼的泉水

诉说着儿时的欢笑和梦想

小时候，渴望探索未知

向往外面的世界

长大后，经历风雨的洗礼

心却无数次在月夜里飞回故乡

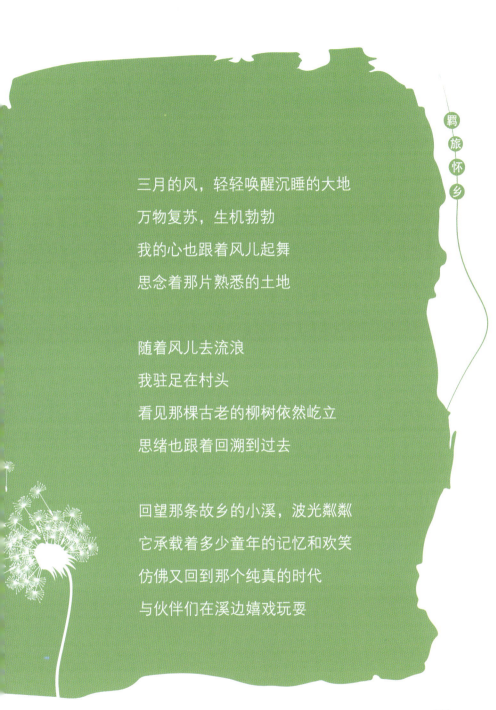

三月的风，轻轻唤醒沉睡的大地

万物复苏，生机勃勃

我的心也跟着风儿起舞

思念着那片熟悉的土地

随着风儿去流浪

我驻足在村头

看见那棵古老的柳树依然屹立

思绪也跟着回溯到过去

回望那条故乡的小溪，波光粼粼

它承载着多少童年的记忆和欢笑

仿佛又回到那个纯真的时代

与伙伴们在溪边嬉戏玩耍

故乡，
在北方

从南飞来的大雁，排成一队队

晴空万里，洒满阳光

乡间奔跑的孩子，笑着在风里追

那故乡的天空啊，如此清澈

从没有城市里的灰

风中摇摆的麦穗，汇成金色的海

丰收的喜悦让人心醉

田间劳作的母亲，汗水成行

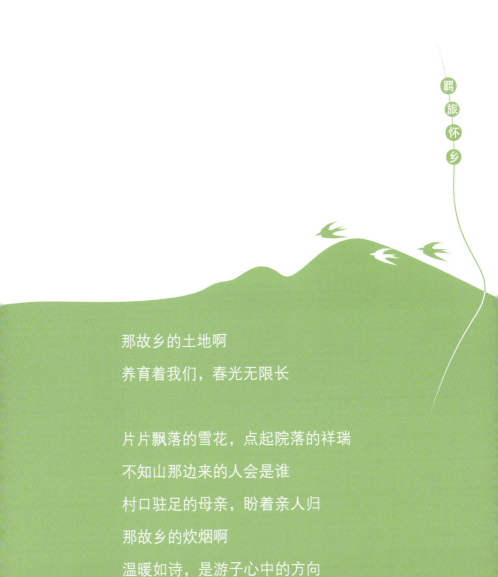

那故乡的土地啊

养育着我们，春光无限长

片片飘落的雪花，点起院落的祥瑞

不知山那边来的人会是谁

村口驻足的母亲，盼着亲人归

那故乡的炊烟啊

温暖如诗，是游子心中的方向

一只花手镯

一只花手镯
戴在奶奶枯瘦的手腕上
花纹依稀可见
却又斑斑驳驳
仿佛诉说着久经风霜的记忆

奶奶轻抚着手镯的花纹
嘴角泛起没有说出的回忆
脸上的慈祥却像水波一样
荡起涟漪

这个给你吧
奶奶倔强地要将手镯撸下

我老了，留个念想给你
奶奶的眼眶红了很久
混浊的双眸
滚出两行清泪
…………

我真想，像小时候那样
逃也似的跑开
奶奶，我不要
我只要你永远都在我的
生活里……

晚归的母亲

在春夜的尾声

你带着疲倦归来

身上披着星辰，头上顶着月光

你什么都没有说

但我知道你的辛劳

我多想给你一个拥抱

哪怕只有一瞬间

用我内心的疼惜

驱散你满身的疲惫

但我知道

我无法替代你的付出

只能默默地为你祈祷

有人说

有多少奔波的足迹

就会换来日后多少安宁

付出的总会被铭记

没有翻不过的火焰山

没有走不出的泥沼地

我知道，你有着无尽的毅力

是我心中坚韧而伟大的母亲

父亲的故乡

小时候
年轻的父亲总爱牵着我的手
行走在故乡的山丘
终于有一天
我独自走出了父亲的故乡
探索那未知的世界
寻觅心中未曾有过的梦想

一别多年
那故乡的记忆总在心中回荡
每当夜深人静
我便看见那山头的灯火
听见那山谷的回响

中年时

病中的父亲望着我

颤巍巍的手举起又放下

那一声"何时回故乡？"

道出了他一生的牵绊

父亲的故乡

也是我的故乡

我们的血脉在故土相连

如今，我站在山头

眺望着那片曾经熟悉的故土

心中充满了对父亲无尽的怀念

风吹过

风吹过，故乡的山冈

岁月的声音，天空听得真切

摇醒了绿色的麦浪

也带来了远方的云涛

云聚了，又散开

远方的雷声，似近似远

大滴大滴的雨点跌落出泥香

也敲醒了沉睡的记忆

我听见

母亲在远方轻轻哼唱

一曲调子古老而深沉

似乎藏着无尽的沧桑

夏日的汗珠浇灌着希望

那故乡的风，在耳畔回荡

像是母亲在田间劳作时

轻轻吹起的口哨

风吹过

轻拂我鬓角的银霜

让我忘记岁月的流转

只记得故乡的美好和母亲的温暖

青椿山下

青椿山下，离别之际
亲人们纷纷挥手告别
笑脸挤满了车窗
把叮嘱和惜别送给离别的人

泪水在每双眼睛里打转
在喉咙里哽咽
最后又默契地咽下

亲人在
你的苦痛好像一个啼哭的婴孩
得到了大人的抚慰
面对重大病痛和生死别离
唯有不言说、不表露
才是对他最大的鼓励

立春已过，春节又至

亲人们怀着别样的心情

揣着苦涩的秘密

在青椿山下默默流淌

自我疗愈亦关照他人

时光荏苒

青椿山又焕发新的生机

郁郁葱葱布满山丘

那是游子心中的期待

寄一切希望给这个春天

嗨，儿子

与你虽不常相见
思念却如潮水般翻涌

一想到你
我就看见挺拔的白杨
向着阳光，奋力生长

一想到你
我就嗅到泥土的芬芳
脚步不停，耕耘着梦想

一想到你

我就感到春光的温暖

花儿在阳光下羞涩绽放

空气中弥漫着迷人的香甜

那样的你

也许不会出现在我梦里

我生怕会冒昧地惊扰了你

愿你永远保持这份活力

活泼开朗，充满欢喜

愿我们的心永远年轻

出走半生，归来仍是少年

现在的我，常常猜想

此刻的你在何方

是在行走，还是在小憩
思念的涟漪在心湖荡漾

我不知道思念的别名
是不是憔悴
只想知道关于你的点滴和琐碎

想着想着
我就摘下这春日里的满树桃花
寄与你
又折下这满街的柳枝寄与你

时间悄然流逝
岁月在心湖上留下痕迹
错过的时光无法挽回
但我心中的声音清晰地告诉我
春风十里，不如你

风中的
记忆

风裹挟着泥土的味道

轻轻抚摸着

我爬满皱纹的脸

把记忆中的老宅

推到了眼前

高耸的烟囱

静静守候我的到来

曾想一起飞天的炊烟

已寻不到踪影

远处土丘上的羊群
依旧悠然
挥动鞭子的牧羊人
换了模样

门前的那条小溪
早已改道
带着邻里的希望
流进田野

随风转过山坳
看到了儿时的玩伴
一起玩耍的地方
恍惚又回到了从前

岁月不居

除夕

近了，更近了
一双脚要跋涉过多少个风尘仆仆的日子
才走到了今天
轻轻地驻足
停在岁月绚烂的年画前
感受时光的沉淀

亮了，更亮了
除夕的灯火通明
犹如繁星点点
格外明亮的玻璃窗
仿佛儿时河里捞起的薄冰

清冽通透
映出老人和孩童的笑颜
折射着回忆的光线
比这更静、更亮的还有
那一颗漂泊已久的心

浓了，更浓了
那一抹喜庆红
弥漫在每个角落
那浓郁至极的年味
是对过去的致敬
对未来的期许
温暖着游子的心窝

这一年的坚持与付出

换来了一年的硕果与欢欣

辞旧迎新，竟如此百感交集

身体康健，成为亲朋好友嘴边的话题

这一年的确不易

成长的路上有风雨也有晴天

过了这农历年的最后一天

新的篇章又将开始抒写

四季的誓言

春天对夏天许下
绽放的誓言
让花儿盛开，绿意盎然
让万物不顾一切生长

夏天对秋天许下
丰收的诺言
让秋叶悠然飘落
让硕果挂满枝头

秋天贴近冬天的耳畔
细语传递它的心愿

让冬雪静静降落
覆盖着大地，守护着万物

人们总说
冬天来临，春天不再遥远
我想
冬天一定是悄悄地给春天
传递了生命的力量
春天才会如此生机勃勃

虽然我不知道
四季的誓言
究竟是怎样美好的语言
而我依然想为它们放声歌唱
无人听到它们之间的誓言
无人见证它们定下的誓约

但春夏秋冬如约而至

从未失约，它们守护着大地和生命

我想为此歌唱

歌唱那些如约而至的季节

歌唱那些永不失约的生命力量

歌唱那些美好而真挚的誓言

它们是生命的旋律，是希望的诗篇

清明思亲

哪个时节如此凄凉
雨雪霏霏
三天三夜不曾停歇

是浓浓的节气
也是独自哀伤的节日
苍凉的悲思在其中漫延

纷飞的雪花覆盖大地
又悄然融化
铺成次日清晨的白纱
如此纯净

不像当年父亲的华发
只增不减，只增不减的苍老
令人心疼的惊醒

雨水滑过青瓦
滴答滴答落个不停

潮湿涌上眼底

漫过睫毛流向心田

树枝冒出嫩绿的新芽

粉色小花不慎从枝头坠下

离别或许不是最伤感的事

遗忘才是心中最深的疤痕

最美的日子到来时

总会伴随着最深情的牵挂

清澈明净的感觉涌现

与过往的时光截然不同

母亲的声音如细雨飘落

轻柔而温暖

"再等些日子吧，"她说

"去看那年你父亲在城南种下的桃花。"

春的气息

塞北的风

轻轻划破冷冽的冰层

吹开干枯的芦苇

小草脆生生地探出头

悄悄在野地里生长

弯弯的小河褪去冰封的外衣

唤醒沉睡的鱼儿

迎接春天的来临

春风拂过大地
抛光生活的琐碎
擦亮日子的光芒
带来新的生机与希望

三月的枝头盛放春的绚烂
孩子们眼中闪耀着期待
宛如窈窕淑女的柔情

心中的春天

岁月不居

在有些人的眼中

春天如同蔷薇花的舞裙

短暂而绚烂

在有些人的思绪里

春天又如杨柳枝的秀发

飘逸而漫长

春天有着自己的步伐

立春之后的每个节气

都描绘着春的色彩

几场春雪悄然降落

引出春风的轻舞

一声声春雷，打破冬日的沉寂

一阵阵鸟鸣，呢喃着初春的宁静

三月的北方

依然银装素裹

只有柳芽更娇嫩、更翠绿

只有春意更浓、更甜、更暖

一个中年人的午后

更想到田间地头漫步

感受那份耕耘的辛勤

还有心中那份永不凋零的

春色满园

夏天种的雨

岁月不居

火热的季节
累积了太多的灼热
酝酿了太重的深情
大地焦渴
盼望播种一场夏天清凉的雨滴

早晨，天空满载着云雾
沉沉压下，不能再低
化作万千雨丝轻轻洒落
带来夏天期盼已久的凉意

望向身边的那一扇窗
绿意盎然
潮湿中更显生机

微裂的双唇也感受到雨的清新
心中的言语，却仍未说出口
其实 ，没有说出口的还有很多
像那些春天种下的种子
沉默在土壤

就如人生旅途中
我们并不缺少初始的勇气
缺少的是成长中的每一次坚持
如同种子，努力生长
在最渴望雨水的时候
等来那场酣畅淋漓
这便是最难得的恩赐

夏雨的洗礼

七月的一天

一觉醒来

窗外雨声如狂

天地间只剩下喧嚣

雷声隆隆作响

闪电划破天际

一次又一次照亮夜空

列车在雨中穿梭

车窗上雨滴滑落成串

如同泪水般划过

映照出内心的思绪万千

大雨滂沱不停

我却依旧在路上

独自张望前方

心中的恐慌慢慢消散

天空仍旧下着雨

我还似那个赤着足的小孩

一路踩着水花

奔跑着找寻家的方向

夏日黄昏后的大雨滂沱
电闪雷鸣交织成曲
城市的喧嚣归于平静
清凉和平静如期而至

一位路人身负沉甸甸的包袱等待着
车流穿梭却无人停下
路旁积水映照着孤独
将她的倒影拉得很长很长

驻足还是前行
她孤独地等待
彷徨而又无助
时间流逝中她选择了前行
迎着风雨独自行走

那夏夜的半弯明月

雨后初晴

她的眼睑仍挂着晶莹

抬头仰望那再现的半弯明月

月光又开始守护孤单的旅程

她不禁问自己

月圆是否即将来临

黑夜的尽头是否就是黎明

而明天，依旧只是一个人的行程

岁月流转

不知她已身在何方

可记忆里的半弯明月

依旧斜挂在心间

挥之不去

夏夜的绸

淅淅沥沥的雨声
编织着时光的密绸
飘远的思绪
在绸上凝结成刺绣般的思念

天空澄澈，从未放弃等候
雁鸣传递着季节的更迭
山谷和野花
共同守候着岁月的流转

心晴时，雨也是晴

心雨时，晴也是雨

这夏夜的绸

裹着千般情绪，难以入眠

星斗点亮夜空

为忙碌的人们洒下光芒

等待着那些披星戴月归来的身影

生活的节奏

仿佛一首未完的诗篇

我们在这夏夜的绸上

编织着自己的故事

秋日时光

清晨，我轻轻推开窗
秋雨秋风涌进我心房
树叶仍旧未去绿意
却难掩秋日的微凉

天空笼罩着阴郁
云朵像山峦般堆叠
散开，又聚拢

一如我那日的心情

起伏跌宕

晨浴时若感微凉

暗示着盛夏的离去

没有什么能阻挡这时光的脚步

半推半就地拥入怀抱

感受着岁月的流转

雨后的清新

诱人的是秋日的馨香

让我们准备迎接

这来自秋日的约定

与你分享时光的喜悦

岁月不居

立冬

仿佛在无意间遗忘了
立春、立夏与立秋
它们曾伴我度过多少年华
却都悄无声息地成为过客

入冬的第一场雪

赶在了立冬的前夜

是对这个"立"字当头节气的最好装点

立冬的清晨

窗外的蓝天和微风沁人心脾

树边的水冻结成冰

明亮的

仿佛一面待人拿起的镜子

阳光格外明艳

一种红色果实

还挂着枝头的雪
喜鹊像往日一样欢叫着

可能，今日之后的寒冷
与之前有所不同
会是更深更浓吧

要不然
我心里的那枝梅怎么突然
好像经历了四季
变得沧桑而深邃
静静绽放着美丽

小雪

在二十四节气中，我偏爱小雪

这个轻盈、清冽的名字

它如微风在初结冰的河面上起舞

如小雪花凝结在玻璃窗上形成的泪珠

时光如飞逝的风筝

我们似紧追其后的孩童

幸好，在每一个节点

生活总会带给我们

又轻又小的欢喜
温暖如冬阳

清寒小雪，冬韵浓深
新鲜的空气捧在手中
虽平凡，却无比珍贵

只愿每个冬日晨昏
心中开出的每朵小花
都沐浴在这阳光雨露中

冬日清晨的静谧画卷

冬日的清晨，静谧而清冷

一缕阳光悄悄洒落

揶揄着叫醒沉睡的夜

门前的一汪湖水

仿佛一夜间化身成巨大琥珀

淡绿和鹅黄的树叶铺满湖面

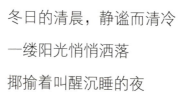

轻盈袅娜地镶嵌其间

色彩交织成美丽画卷

轻轻荡漾着冬日的韵律

路边高树醒目站立

枝丫间藏着喜鹊的巢

等待着归鸟的欢唱

唤醒沉睡的梦乡

红色的果实

倔强地微笑在枝头

无惧严寒的考验

用喜庆的颜色装点寒冬

为冬日增添一抹生机

冬日的清晨

空气中弥漫着另一种甜

让我感受到了岁月的悠长

和自然的温柔相拥……

雪落大地的祝福

北方的冬天
寂静而漫长
无蚊虫的喧嚣，无色彩的渲染
唯有苍茫的大地，承载无尽的寂寥

天空似乎感知到了大地的孤独
于是撒下了一片片雪花
它们如同未出阁的处女般纯洁无瑕
连寒风也为之退避，不敢打扰

午后的阳光温暖了雪地
雪花化作泪水，深情地拥抱着大地

它们的融化，是为了更好地孕育
下一个春天，下一个丰收的季节

这是落雪对大地的祝福
是冬天里的希望与期待
期待大地再次生机勃发

117

责任编辑：党　蒙
封面题字：雷　平
封面设计：吉　雅

ISBN 978-7-204-17956-5

定价：19.00元